紅樓夢二十七回

滴翠亭楊妃戲彩蝶　埋香塚飛燕泣殘紅

話說林黛玉正自悲泣忽聽院門響處只見寶釵出來了寶玉襲人一羣人送了出來待要上去問着寶玉又恐當着衆人問羞了寶玉不便因而閃過一傍讓寶釵去了寶玉等進去關了門方轉過來向望着門洒了幾點淚自覺無味轉身回來無精打彩的卸了殘粧紫鵑雪雁素日知道林黛玉的情性無事悶坐不是愁眉便是長歎且好端端的不知爲了什麽常常的便自淚不乾的先時還有人解勸或怕他思父母想家鄉受委曲用話來寬慰解勸誰知後來一年一月的竟常常如此把這個

樣兒看慣了也都不理論了所以也沒人去理由他悶坐只管睡覺去了那林黛玉倚着床欄杆兩手抱着膝眼睛含着淚好似木雕泥塑的一般直坐到二更多天方纔睡了一宿無話至次日乃是四月二十六日原來這日未時交芒種節向古風俗凡交芒種節的這日都要設擺各色禮物祭餞花神言芒種一過便是夏日了衆花皆卸花神退位須要餞行閨中更興這件風俗所以大觀園中之人都早起來了那些女孩子們或用花瓣柳枝編成轎馬的或用綾錦紗羅疊成千旄旌幢的都用綵線繫了每一顆樹每一枝花上都繫了這些物事滿園裡繡帶飄飄花枝招展更兼這些人打扮的桃羞杏讓燕妒鶯慚一時

也道不盡且說寶釵迎春探春惜春李紈鳳姐等並大姐兒香菱與衆丫鬟們都在園內頑耍獨不見林黛玉迎春因說道林妹妹怎麽不見好個懶丫頭這會子還睡覺不成寶釵道你們等着等我去鬧了他來說着便丢了衆人一直往瀟湘館來正走着只見文官等十二個女孩子也來了上來問了好說了一回閒話寶釵回身指道他們都在那裏呢你們找他們去我找林姑娘去就來說着逶迤往瀟湘館來忽然抬頭見寶玉進去了寶釵便站住低頭想了一想寶玉和林黛玉是從小兒一處長大他兄妹間多有不避嫌疑之處嘲笑不忌喜怒無常况且黛玉素昔猜忌好弄小性兒的此刻自巳也跟了進去一則寶

玉不便二則黛玉嫌疑倒是囘來的妙想畢抽身囘來剛要尋别的姊妹去忽見面前一雙玉色蝴蝶大如團扇一上一下迎風翩躚十分有趣寶釵意欲撲了來頑耍遂向袖中取出扇子來向草地下來撲只見那一雙蝴蝶忽起忽落來來往往將欲過河去了倒引的寶釵躡手躡脚的一直跟到池邊滴翠亭上香汗淋漓嬌喘細細寶釵也無心撲了剛欲回來只聽那亭裡邊嘁嘁喳喳有人說話原來這亭子四面俱是遊廊曲欄蓋在池中水上四面雕鏤槅子糊着紙寶釵在亭外聽見說話便煞住脚往裡細聽只聽說道你瞧瞧這手帕子果然是你丢的那塊你就拿着要不是就還芸二爺去又有一人說話可不是我

那塊拿來給我罷又聽道你拿什麽謝我呢難道白找了來不成又答道我已經許了謝你自然是不哄你的又聽說道我找了來給你自然謝我但只是那揀的人你就不謝他麽那一個又說道你別胡說他是個爺們家揀了我們的東西自然該還的叫我拿什麽謝他呢又聽說道你不謝他我怎麽回他呢況且他再三再四的和我說了若沒謝的不許我給你呢半晌又聽說道也罷拿我這個給他筭謝他的罷你要告訴別人呢須說一個誓又聽說道我要告訴人嘴上就長一個疔日後不得好死又聽說道噯呀咱們只顧說話看有人來悄悄的在外頭聽見不如把這槅子都推開了便是人見咱們在這裡他們只當我們說頑話呢若走到跟前咱們也看的見就別說了寶釵外面聽見這話心中吃驚想道怪道從古至今那些姦淫狗盜的人心機都不錯這一開了見我在這裡他們豈不臊了况且說話的語音大似寶玉房裡紅兒的言語他素昔眼空心大是個頭等刁鑽古怪東西今兒我聽了他的短兒人急造反狗急跳墻不但生事而且我還沒趣如今便赶着躲了料也躲不及少不得要使個金蟬脫殼的法子猶未想完只聽咯吱一聲寶釵便故意放重了脚步笑着叫道顰兒我看你往那裡藏一面說一面故意往前赶那亭內的小紅墜兒剛一推窗只聽寶釵如此說着往前趕兩個人都唬怔了寶釵反向他二人笑道你

們把林姑娘藏在那裡了墜兒道何曾見林姑娘了寶釵道我纔在河那邊看著林姑娘在這裡蹲著弄水兒呢我要悄悄的唬他一跳還沒有走到跟前他倒看見我了朝東一繞就不見了別是藏在裡頭了一面說一面故意進去尋了一尋抽身就走口內說道一定又鑽在山子洞裡去了遇見蛇咬一口也罷了一面說一面走心中又好笑這件事算遮過去了不知他二人是怎樣誰知小紅聽了寶釵的話便信以為真讓寶釵去遠便拉墜兒道了不得了林姑娘蹲在這裡一定聽了話去了墜兒聽說也半日不言語小紅又道這可怎麼樣呢墜兒道便聽見了管誰筋疼各人幹各人的就完了小紅道若是寶姑娘聽

見還倒罷了林姑娘嘴裡又愛尅薄人心裡又細他一聽見了倘或走露了怎麼樣呢二人正說着只見文官香菱司棋侍書等上亭子來了二人只得掩住這話且和他們頑笑只見鳳姐兒站在山坡上招手叫小紅連忙棄了眾人跑至鳳姐前堆着笑問奶奶使喚做什麼事鳳姐打諒了一回見他生的干淨俏麗說話知趣因笑道我的丫頭今兒沒跟進我來我這會子想起一件事來要使喚個人出去不知你能幹不能幹說的齊全不齊全小紅笑道奶奶有什麼話只管分付我說去若說的不齊全悞了奶奶的事任憑奶奶責罰就是了鳳姐笑道你是那位姑娘房裡的我使你出去他回來找你我好替你說小紅

道我是寶二爺房裡的鳳姐聽了笑道噯喲你原來是寶玉房裡的怪道呢也罷了等他問我替你說你到我們家告訴你平姐姐外頭屋裡桌子上汝窯盤子架兒底下放着一卷銀子那是一百二十兩給繡匠的工價等張材家的來要當面秤給他瞧了再給他拿去再裡頭床頭上有一個小荷包拿了來小紅聽說徹身去了不多時回來了只見鳳姐不在這山坡上了因見司棋從山洞裡出來站着繫裙子便赶來問道姐姐不知道二奶奶往那裡去了司棋道沒理論小紅聽了回身又往四下裡一看只見那邊探春寶釵在池邊看魚小紅上來陪笑道姑娘們可知道二奶奶剛纔那裡去了探春道往你大奶奶院裡

找去小紅聽了再往稻香村來頂頭只見晴雯綺霞碧痕秋紋麝月侍書入畫鶯兒等一羣人來了晴雯一見小紅便說道你只是瘋罷院子裡花兒也不澆雀兒也不喂茶爐子也不弄就在外頭逛小紅道昨兒二爺說了今兒不用澆花過一日澆一回罷我喂雀兒的時候姐姐還睡覺呢碧痕道茶爐子呢小紅道今兒不該我的班兒有茶沒茶休問我綺霞道你聽聽他的嘴你們別說了讓他逛罷小紅道你們再問問我逛了沒逛二奶奶纔使喚我說話取東西去的說着將荷包舉給他們看方沒言語了大家走開晴雯冷笑道怪道呢原來爬上高枝兒去了把我們不放在眼裡了不知說了一句話半句話名兒姓兒

知道了不曾就把他興頭的這個樣這一遭兒半遭兒的筭不得什麼過了後兒還得聽呵有本事從今兒出了這園子長長遠遠的在高枝兒上纔筭得一面說着去了這裏小紅聽說不便分証只得忍着氣來找鳳姐兒到了李氏房中果見鳳姐兒在這裡和李氏說話兒呢小紅上來回道平姐姐說奶奶剛出來了他就把銀子收起來了纔張材家的來取當面秤了給他拿去了說着將荷包遞了上去又道平姐姐叫我來回奶奶纔旺兒進來討奶奶的示下好往那家子去的平姐姐就把那話按着奶奶的主意打發他去了鳳姐笑道他怎麼按我的主意打發去了小紅道平姐姐說我們奶奶問這裡奶奶好原是我

們二爺不在家雖然遲了兩天只管請奶奶放心等五奶奶好些我們奶奶還會了五奶奶來瞧奶奶呢五奶奶前兒打發了人來說舅奶奶帶了信來了問奶奶好還要和這裡的姑奶奶尋兩丸延年神驗萬金丹若有了奶奶打發人來只管送在我們奶奶這裡明兒有人去就順路給那邊舅奶奶帶去的話未說完李氏道噯喲喲這話我就不懂了什麼奶奶爺爺的一大堆鳳姐笑道怨不得你不懂這是四五門子的話呢說著又向小紅笑道好孩子難為你說的齊全不像他們扭扭捏捏蚊子似的嫂子不知道如今除了我隨手使的這幾個丫頭老婆子之外我就怕和别人說話他們必定把一句話拉長了作兩三

截兒咬文嚼字拿著腔兒哼哼唧唧的急的我冒火他們那裡知道先是我們平兒也是這麼着我就問着他難道必定粧蚊子哼哼就是美人了說了幾遭纔好些了李宮裁笑道都像你潑辣貨纔好鳳姐道這一個丫頭就好方纔兩遭說話雖不多聽那口角就狠剪斷說着又向小紅笑道明兒你伏侍我去罷我認你做女兒我一調理你就出息了小紅聽了撲哧一笑鳳姐道你怎麼笑你說我年輕比你能大幾歲就做你的媽了你做春夢呢你打聽打聽這些人比你大的趕着我叫媽我還不理他呢今兒抬舉了你了小紅笑道我不是笑這個我笑奶奶認錯了輩數兒了我媽是奶奶的女兒這會子又認我做女兒

鳳姐道誰是你媽李宮裁笑道你原來不認的他他是林之孝的女兒鳳姐聽了十分詫異因說道哦原來是他的丫頭又笑道林之孝兩口子都是錐子扎不出一聲兒來的我成日家說他們倒是配就了的一對夫妻一個天聾一個地啞那裡承望養出這麼個伶俐丫頭來你十幾歲了小紅道十七歲了又問名字小紅道原叫紅玉的因爲重了寶二爺如今只叫紅兒了鳳姐聽說將眉一皺把頭一回說道討人嫌的狠得了玉的便宜似的你也玉我也玉因說嫂子不知道我和他媽說賴大家的如今事多也不知這府裡誰是誰你替我好好的挑兩個丫頭我使他一般的答應著他饒不挑倒把他這女孩子送了別

處去難道跟我必定不好李紈笑道你可是又多心了進來在
先你說在後怎麼怨的他媽鳳姐說道你這麼著明兒我和寶
玉說叫他再要人叫這丫頭跟我去可不知本人愿意不愿意
小紅笑道愿意不愿意我們也不敢說只是跟着奶奶我們學
些眉眼高低出入上下大小的事也得見識見識剛說着只
見王夫人的丫頭來請鳳姐便辭了李宮裁去了小紅回怡紅
院去不在話下如今且說林黛玉因夜間失寐次日起來遲了
聞得衆姊妹都在園中做餞花會恐人笑他痴懶連忙梳洗了
出來剛到了院中只見寶玉進門來了便笑道好妹妹你昨兒
可告了我了不曾我懸了一夜心黛玉便回頭叫紫鵑道把屋

子收拾了下一扇紗屜看那大燕子回來把簾子放了下來拿
獅子倚住燒了香就把爐罩上一面說一面又往外走寶玉見
他這樣還認作是昨日晌午的事那知晚間的這件公案還打
恭作揖的林黛玉正眼也不看各自出了院門一直找別的姊
妹去了寶玉心中納悶自己猜疑看起這樣光景來不像是為
昨兒的事但只昨日我回來得晚了又沒有見他再沒有冲撞
了他的去處了一面想一面由不得隨後追了來只見寶釵探
春正在那邊看鶴舞見黛玉來了三個一同站着說話兒又見
寶玉來了探春便笑道寶哥哥身上好我整整的三天沒見你
了寶玉笑道妹妹身上好我前兒還在大嫂子跟前問你呢探

春道寶哥哥你往這裡來我和你說話寶玉聽說便跟了他離了釵玉兩個到了一棵石榴樹下探春因說道這幾天老爺可曾叫你寶玉笑道沒有叫探春道昨兒我恍惚聽見說老爺叫你出去的寶玉笑道那想是別人聽錯了並沒叫的探春又笑道這幾個月我又攢下有十來吊錢了你還拿了去明兒出門逛去的時候或是好字畫好輕巧頑意兒替我帶些來寶玉道我這麼逛去城裡城外大廊大廟的逛也沒見個新奇精緻東西總不過是那些金玉銅磁器沒處擱的古董再就是綢緞吃食衣服了探春道誰要這些怎麼像你上回買的那柳枝兒編的小籃子竹子根挖的香盒兒膠泥垛的風爐兒這就好了我喜歡的什麼似的誰知他們都愛上了都當寶貝似的搶了去了寶玉笑道原來要這個這不值什麼拿幾百錢出去給小子們管拉兩車來探春道小廝們知道什麼你揀那朴而不俗直而不拙的這些東西你多多替我帶了來我還像上回的鞋做一雙你穿比那雙還加工夫如何呢寶玉笑道你提起鞋來我想起故事來了一回穿着可巧遇見了老爺老爺就不受用問是誰做的我那裡敢提三妹妹三個字我就回說是前兒我生日是舅母給的老爺聽了是舅母給的纔不好說什麼的半日還說何苦來虛耗人力作踐綾羅做這樣的東西我回來告訴了襲人襲人說這還罷了趙姨娘氣的抱怨的了不得正經

兄弟鞋蹋拉襪蹋拉的沒人看得見且做這些東西探春聽說登時沉下臉來道你說這話糊塗到什麼田地怎麼我是該做鞋的人麼環兒難道沒有分例的衣裳是衣裳鞋襪是鞋襪丫頭老婆一屋子怎麼抱怨這些話給誰聽呢我不過閒着沒事作一雙半雙愛給那個哥哥兄弟隨我的心誰敢管我不成這也是他瞎氣寶玉聽了點頭笑道你不知道他心裡自然又有個想頭了探春聽說一發動了氣將頭一扭說道連你也糊塗了他那想頭自然是有的不過是那陰微鄙賤的見識他只管這麼想我只管認得老爺太太兩個人別人我一概不管就是姊妹弟兄跟前誰和我好我就和誰好什麼偏的庶的我也不

知道論理我不該說他但他忒昏聵得不像了還有笑話兒呢就是上回我給你那錢替我帶那頑耍的東西過了兩天他見了我也是說沒錢使怎麼難處我也不理論誰知後來丫頭們出去了他就抱怨起我來說我攢的錢爲什麼給你使倒不給環兒使了我聽見這話又好笑又好氣我就出來往太太跟前去了正說着只見寶釵那邊笑道說完了來罷顯見得是哥哥妹妹了丟下別人且說體己去我們聽一句兒就使不得了說着探春寶玉二人方笑着來了寶玉因不見了林黛玉便知他躲了別處去了想了一想索性遲兩日等他的氣息一息再去也罷了因低頭看見許多鳳仙石榴等各色落花錦重重的落

了一地因歎道這是他心裡生了氣也不收拾這花兒來了待我送了去明兒再問着他說着只見寶釵約着他們往外頭去寶玉道我就來等他二人去遠把那花兜了起來登山渡水過樹穿花一直奔了那日同林黛玉葬桃花的去處來將已到了花塚猶未轉過山坡只聽山坡那邊有嗚咽之聲一面數落着哭的好不傷心寶玉心下想道這不知是那房裡的丫頭受了委屈跑到這個地方來哭一面想一面煞住脚步聽他哭道是

花謝花飛飛滿天　紅消香斷有誰憐
遊絲軟繫飄春榭　落絮輕沾撲繡簾
閨中女兒惜春暮　愁緒滿懷無釋處
手把花鋤出繡簾　忍踏落花來復去
柳絲榆莢自芳菲　不管桃飄與李飛
桃李明年能再發　明年閨中知有誰
三月香巢已壘成　樑間燕子太無情
明年花發雖可啄　却不道人去樑空巢亦傾
一年三百六十日　風刀霜劍嚴相逼
明媚鮮妍能幾時　一朝飄泊難尋覓
花開易見落難尋　堦前悶殺葬花人
獨把花鋤泪暗洒　洒上空枝見血痕
杜鵑無語正黄昏　荷鋤歸去掩重門

青燈照壁人初睡　冷雨敲窗被未温
怪奴底事倍傷神　半為憐春半惱春
憐春忽至惱忽去　至又無言去不聞
昨宵庭外悲歌發　知是花魂與鳥魂
花魂鳥魂總難留　鳥自無言花自羞
願奴脇下生雙翼　隨花飛到天盡頭
天盡頭　何處有香丘
未若錦囊收艷骨　一抔淨土掩風流
質本潔來還潔去　強於污淖陷渠溝
爾今死去儂收葬　未卜儂身何日喪
儂今葬花人笑痴　他年葬儂知是誰
試看春殘花漸落　便是紅顏老死時
一朝春盡紅顏老　花落人亡兩不知

寶玉聽了不覺痴倒要知端詳下回分解

紅樓夢第二十七回終

紅樓夢第二十八回

蔣玉函情贈茜香羅　薛寶釵羞籠紅麝串

話說林黛玉只因昨夜晴雯不開門一事錯疑在寶玉身上次日又可巧遇見餞花之期正在一腔無明未曾發洩又勾起傷春愁思因把些殘花落瓣去掩埋由不得感花傷己哭了幾聲便隨口念了幾句不想寶玉在山坡上聽見先不過點頭感嘆次又聽到儂今葬花人笑痴他年葬儂知是誰一朝春盡紅顏老花落人亡兩不知等句不覺慟倒山坡上懷裡兜的落花撒了一地試想林黛玉的花顏月貌將來亦到無可尋覓之時寧不心碎腸斷既黛玉終歸無可尋覓之時推之于他人如寶釵

香菱襲人等亦可以到無可尋覓之時矣寶釵等終歸無可尋覓之時則自己又安在哉且自身尚不知何在何往則斯處斯園斯花斯柳又不知當屬誰姓矣因此一而二二而三反復推求了去真不知此時此際如何解釋這段悲傷正是

花影不離身左右　鳥聲只在耳東西

那林黛玉正自傷感忽聽山坡上也有悲聲心下想道人人都笑我有痴病難道還有一個痴子不成擡頭一看見是寶玉黛玉便道啐我當是誰原來是這個狠心短命的剛說到短命二字又把口掩住長嘆一聲自己抽身便走了這裡寶玉悲慟了一回見黛玉去了便知黛玉看見他躲開了自己也覺無味抖

抖土起來下山尋歸舊路往怡紅院來可巧看見黛玉在前頭走進忙趕上去說道你且站着我知你不理我我只說一句話從今已後撩開手林黛玉回頭見是寶玉待要不理他聽他說只說一句話便道請說來寶玉笑道兩句話說了你聽不聽黛玉聽說回頭就走寶玉在身後面嘆道既有今日何必當初黛玉聽見這話由不得站住回頭道當初怎麼樣今日怎麼樣寶玉道噯當初姑娘來了那不是我陪着頑笑憑我心愛的姑娘要就拿去我愛吃的聽見姑娘也愛吃連忙收拾的干干淨淨收着等了姑娘到來一桌子吃飯一床兒上睡覺丫頭們想不到的我怕姑娘生氣我替丫頭們想到我心裡想着姊妹們從

小兒長大親也罷熱也罷和氣到了兒纔見得比人好如今誰承望姑娘人大心大不把我放在眼睛裡倒把外四路的什麼寶姐姐鳳姐姐的放在心坎上倒把我三日不理四日不見的我又沒個親兄弟親妹妹雖然有兩個你難道不知道是我隔母的我也和你是獨出只怕同我的心一樣誰知我是白操了這一番心有冤無處訴說着不覺滴下淚來那時林黛玉耳內聽了這話眼內見了這形景心內不覺灰了大半也不覺滴下淚來低頭不語寶玉見這般形象遂又說道我也知道我如今不好了但只任憑着我怎麼不好萬不敢在妹妹跟前有錯處便有一二分錯處你或教導我戒我下次或罵我幾句打我幾

下我都不灰心誰知你總不理我叫我摸不着頭腦少魂失魄不知怎麼樣纔是就便死了也是個屈死鬼任憑高僧高道懺悔也不能超脫還得你申明了緣故我纔得托生呢黛玉聽了這話不覺將昨晚的事都忘在九霄雲外了便說道你旣這麼說爲什麼我去了你不叫丫頭開門寶玉詫異道這話從那裡說起我要是這樣立刻就死了黛玉啐道大清早起死呀活的也不忌諱你說有呢就有沒有就沒有起什麼誓呢寶玉道實在沒有見你去就是寶姐姐坐了一坐就出來了林黛玉想了一想笑道是了想必是你丫頭們懶待動喪聲歪氣的也是有的寶玉道想必是這個原故等我回去問了是誰教訓教訓他

們就好了黛玉道你的那些姑娘們也該教訓教訓只是論理我不該說今兒得罪了我的事小倘或明兒寶姑娘來什麼貝姑娘來也得罪了事情豈不大了說着抿着嘴笑寶玉聽了又是咬牙又是笑二人正說話見丫頭來請吃飯遂都往前頭來了王夫人見了黛玉因問道大姑娘你吃那鮑太醫的藥可好些林黛玉道也不過這麼着老太太還叫我吃王大夫的藥呢寶玉道太太不知道林妹妹是內症先天生的弱所以禁不住一點兒風寒不過吃兩劑煎藥疎散了風寒還是吃丸藥的好王夫人道前兒大夫說了個丸藥的名字我也忘了寶玉道我知道那些丸藥不過叫他吃什麼人參養榮丸王夫人道不是

寶玉又道八珍益母丸左歸右歸再不就是八味地黃丸王夫人道都不是我只記的有個金剛兩個字的寶玉拍手笑道從來没聽見有個什麽金剛丸若有了金剛丸自然有菩薩散了說的滿屋裡人都笑了寶釵抿嘴笑道想是天王補心丹王夫人笑道是這個名兒如今我也糊塗了寶玉道太太倒不糊塗都是叫金剛菩薩支使糊塗了王夫人道扯你娘的臊又欠你老子搥你了寶玉笑道我老子再不爲這個搥我王夫人又道旣有這個名兒明兒就叫人買些來吃寶玉道這些藥都是不中用的太太給我三百六十兩銀子我替妹妹配一料丸藥包管一料不完就好了王夫人道放屁什麽藥就這麽貴寶玉笑

道當眞的呢我這個方子比别的不同那個藥名兒也古怪一時也說不淸只講那頭胎紫河車人形帶葉參三百六十兩不足龜大何首烏千年松根茯苓胆諸如此類的藥不筭爲奇只在羣藥裡筭那爲君的藥說起來唬人一跳前年薛大哥哥求了我一二年我纔給了他這方子他拿了方子去又尋了二三年花了有上千的銀子纔配成了太太不信只問寶姐姐寶釵聽說笑着擺手兒說道我不知道也没聽見你别叫姨娘問我王夫人笑道到底是寶丫頭好孩子不撒謊寶玉站在當地聽見如此說一回身把手一拍說道我說的倒是眞話呢倒說撒謊口裡說着忽一回身只見林黛玉坐在寶釵身後抿着嘴笑

用手指頭在臉上畫着羞他鳳姐因在裡間房裡看着人放桌子聽如此說便走來笑道寶兄弟不是撒謊這倒是有的前日薛大哥親自和我來尋珍珠我問他做什麼他說配藥他還抱怨說不配也罷了如今那裡知道這麼費事我問什麼藥他說是寶兄弟的方子說了多少藥我也不記得他又說不然我也買幾顆珍珠了只是定要頭上帶過的所以來和妹妹尋妹妹就沒散的花兒那上頭下來的也使得過後我揀好的再給妹妹穿了來我沒法兒把兩支珠花現拆了給他還要一塊三尺長上用的大紅紗拿乳鉢乳了麵子呢鳳姐說一句寶玉念一句佛說太陽在屋子裡呢鳳姐說完了寶玉又道太太想這不

過是將就呢正經按那方子這珍珠寶石定要在古墳裡的有那古時富貴人家粧裹的頭面拿了來纔好如今那裡爲這個去刨墳掘墓所以只是活人帶過的也可以使得王夫人聽了道阿彌陀佛不當家花拉的就是墳裡有人家死了幾百年這會子番尸盜骨的作了藥也不靈寶玉因向黛玉說道你聽見了沒有難道二姐姐也跟着我撒謊不成臉望着林黛玉說却拿眼睛瞟着寶釵林黛玉便拉王夫人道舅母聽聽寶姐姐不替他圓謊他只問着我王夫人也道寶玉狠會欺負你妹妹寶玉笑道太太不知道這原故寶姐姐先在家裡住着那薛大哥哥的事他也不知道何況如今在裡頭住著呢自然是越發不

知道了林妹妹纔在背後以爲是我撒謊就羞我正說着見賈母房裡的丫頭找寶玉林黛玉去吃飯林黛玉也不叫寶玉便起身拉了那丫頭走那丫頭說等著寶二爺一塊兒走林黛玉道他不吃飯不同偺們走我先走了說着便出去了寶玉道我今兒還跟着太太吃罷王夫人道罷罷我今兒吃齋你正經吃你的去罷寶玉道我也跟着吃齋說着便叫那丫頭去罷自巳跑到桌子上坐了王夫人向寶釵等笑道你們只管吃你們的由他去罷寶釵因笑道你正經去罷吃不吃陪着林妹妹走一趟他心裡打緊的不自在呢寶玉道理他呢過一會子就好了一時吃過飯寶玉一則怕賈母記掛着二則也記掛着林黛玉

忙忙的要茶漱口探春惜春都笑道二哥哥你成日家忙些什麼吃飯吃茶也是這麼忙碌碌的寶釵笑道你叫他快吃了瞧黛玉妹妹去罷叫他在這裡胡鬧些什麼寶玉吃了茶便出來一直往西院來可巧走到鳳姐兒院前只見鳳姐在門前站着蹬着門檻子拿耳挖子剔牙看著十來個小厮們挪花盆呢見寶玉來了笑道你來的好進來進來替我寫幾個字兒寶玉只得跟了進來到了房裡鳳姐命人取過筆硯紙來向寶玉道大紅粧緞四十疋蟒緞四十疋各色用上紗一百疋金項圈四個寶玉道這箅什麼又不是賬又不是禮物怎麼個寫法鳳姐兒道你只管寫上橫竪我自巳明白就罷了寶玉聽說只得寫了

鳳姐一面收起來一面笑道還有句話告訴你不知依不依你屋裡有個丫頭叫小紅的我要叫了來使喚明兒我再替你挑幾個可使得麼寶玉道我屋裡的人也多的狠姐姐喜歡誰只管叫了來何必問我鳳姐笑道既這麼着我就叫人帶他去了寶玉道只管帶去說着便要走鳳姐道你回來我還有一句話呢寶玉道老太太叫我呢有話等回來罷說着便至賈母這邊只見都已吃完飯了賈母因問他跟着你娘吃了什麼好的寶玉笑道也沒什麼好的我倒多吃了一碗飯因問林姑娘在那裡賈母道裡頭屋裡呢寶玉進來只見地下一個丫頭吹熨斗炕上兩個丫頭打粉線黛玉灣着腰拿剪子裁什麼呢寶玉走

進來笑道哦這是做什麼呢纔吃了飯這麼控着頭一會子又頭疼了黛玉並不理只管裁他的有一個丫頭說道那塊紬子角兒還不好呢再熨他一熨黛玉便把剪子一撂說道理他呢過一會子就好了寶玉聽了自是納悶只見寶釵探春等也來了和賈母說了一回話寶釵也進來問林妹妹做什麼呢因見林黛玉裁剪笑道越發能幹了連裁剪都會了黛玉笑道這也不過是撒謊哄人罷了寶釵笑道我告訴你個笑話兒纔剛為那個藥我說了個不知道寶兄弟心裡不受用了林黛玉道理他呢過會子就好了寶玉向寶釵道老太太要抹骨牌正沒人你抹骨牌去罷寶釵聽說便笑道我是為抹骨牌纔來麼說着

便走了林黛玉道你到是去罷這裡有老虎看吃了你說着又裁寳玉見他不理只得還陪笑說道你也去逛逛再裁不遲黛玉總不理寳玉便問丫頭這是誰教他裁的黛玉見問丫頭們便說道憑他誰教我裁也不管二爺的事寳玉方欲說話只見有人進來回說外頭有人請寳玉聽了忙徹身出來黛玉向外頭說道阿彌陀佛赶你回來我死了也罷了寳玉出來外面只見焙茗說馮大爺家請寳玉聽了知道是昨日的話便說要衣裳去就自已往書房裡來焙茗一直到了二門前等人只見出來了一個老婆子焙茗上去說道寳二爺在書房裡等出門的衣裳你老人家進去帶個信兒那婆子道放你娘的屁倒好寳二爺如今在園裡住着跟他的人都在園裡你又跑了這裡來帶信兒焙茗聽了笑道罵的是我也糊塗了說着一逕往東邊二門前來可巧門上小厮在甬路底下踢毬焙茗將原故說了有個小厮跑了進去半日纔抱了一個包袱出來遞與焙茗回到書房裡寳玉換了命人備馬只帶着焙茗鋤藥雙瑞壽兒四個小厮去了一逕到了馮紫英門口有人報與馮紫英出來迎接進去只見薛蟠早已在那裡久候了還有許多唱曲兒的小厮們並唱小旦的蔣玉函錦香院的妓女雲兒大家都見過了然後吃茶寳玉擎茶笑道前兒所言幸與不幸之事我晝夜懸想今日一聞呼喚即至馮紫英笑道你們令姑表弟兄倒都

心實前日不過是我的設辭誠心請你們一飲恐又推托故說下這句話今日一邀卽至誰知都信眞了說畢大家一笑然後擺上酒來依次坐定馮紫英先命唱曲兒的小廝過來讓酒然後命雲兒也來敬那薛蟠三杯下肚不覺忘了情拉着雲兒的手笑道你把那躰己新樣兒的曲子唱個我聽我吃一罈如何雲兒聽說只得拿起琵琶來唱道．

兩個寃家都難丟下想着你來又記掛着他兩個人形容俊俏都難描畫想昨宵幽期私訂在荼蘼架一個偷情一個尋拿拿住了三曹對案我也無回話

唱畢笑道你喝一罈子罷了薛蟠聽說笑道不值一罈再唱好

的來寶玉笑道聽我說來如此濫飲易醉而無味我先喝一大海發一個新令有不遵者連罰十大海逐出席外與人斟酒馮紫英蔣玉函等都道有理有理寶玉拿起海來一氣飲盡說道如今要說悲愁喜樂四字却要說出女兒來還要註明這四字原故說完了飲門杯酒面要唱一個新鮮時樣曲子酒底要席上生風一樣東西或古詩舊對四書五經成語薛蟠未等說完先站起來攔道我不來別算我這竟是捉弄我呢雲兒也站起來推他坐下笑道怕什麼這還虧你天天吃酒呢難道連我也不如我回來還說呢說是了罷不是了不過罰上幾杯那裡就醉死了你如今一亂令倒喝十大海下去斟酒不成衆人都拍

手道妙薛蟠聽說無法只得坐了聽寶玉說道女兒悲青春巳大守空閨女兒愁悔教夫婿覓封侯女兒喜對鏡晨粧顏色美女兒樂鞦韆架上春衫薄衆人聽了都說道好薛蟠獨揚着臉搖頭說不好該罰衆人問如何該罰薛蟠道他說的我全不懂怎麽不該罰雲兒便擰他一把笑道你悄悄的想你的罷回來說不出又該罰了于是拿琵琶聽寶玉唱道

滴不盡相思血淚抛紅豆開不完春柳春花滿畫樓睡不穩紗窗風雨黃昏後忘不了新愁與舊愁嚥不下玉粒金波噎滿喉照不盡菱花鏡裡形容瘦展不開的眉頭捱不明的更漏呀恰便似遮不住的青山隱隱流不斷的綠水悠悠

唱完大家齊聲喝彩獨薛蟠說無板寶玉飲了門杯便拈起一片梨來說道雨打梨花深閉門完了令下該馮紫英說道女兒喜頭胎養了雙生子女兒樂私向花園掏蟋蟀女兒悲兒夫染病在垂危女兒愁大風吹倒梳粧樓說畢端起酒來唱道

你是個可人你是個多情你是個刁鑽古怪鬼靈精你是個神仙也不靈我說的話兒你全不信只叫你去背地裡細打聽纔知道我疼你不疼

唱完飲了門杯說道雞鳴茅店月令完下該雲兒雲兒便說道女兒悲將來終身倚靠誰薛蟠笑道我的兒有你薛大爺在你

怕什麼衆人都道別混他別混他雲兒又道女兒愁媽媽打罵何時休薛蟠道前兒我見了你媽還吩咐他不呌他打你呢衆人都道再多言者罰酒十杯薛蟠連忙自己打了一個嘴巴子說道沒耳性再不許說了雲兒又道女兒喜情郎不捨還家裡女兒樂住了簫管弄絃索說完便唱道

豆蔻花開三月三一個蟲兒往裡鑽鑽了半日鑽不進去爬到花兒上打鞦韆肉兒小心肝我不開了你怎麼鑽

唱畢飲了門盃說道桃之夭夭令完下該薛蟠薛蟠道我可要說了女兒悲說了半日不見說底下的馮紫英笑道悲什麼快說薛蟠登時急的眼睛鈴鐺一般便說道女兒悲說了咳嗽了兩

聲方說道女兒悲嫁了個男人是烏龜衆人聽了都大笑起來薛蟠道笑什麼難道我說的不是一個女兒嫁了漢子要做忘八怎麼不傷心呢衆人笑的彎腰忙說道你說的是快說底下的罷薛蟠瞪了瞪眼又說道女兒愁說了這句又不言語了衆人道怎麼愁薛蟠道繡房鑽出個大馬猴衆人哈哈笑道該罰該罰先還可恕這句更不通說着便要斟酒寶玉笑道押韻就好薛蟠道令官都准了你們鬧什麼衆人聽說方罷了雲兒笑道下兩句越發難說了我替你說罷薛蟠道胡說當真我就沒好的了聽我說罷女兒喜洞房花燭朝慵起衆人聽了都咤異道這句何其太雅薛蟠道女兒樂一根毴毴往裡戳衆人聽了

都回頭說道該死該死快唱了罷薛蟠便唱道一個蚊子哼哼哼眾人都怔了說道這是個什麼曲兒薛蟠還唱道兩個蒼蠅嗡嗡嗡眾人都道罷罷罷薛蟠道愛聽不聽這是新鮮曲兒叫做哼哼韻兒你們要懶待聽連酒底都免了我就不唱眾人都道免了罷倒別躭悞了別人家于是蔣玉函說道女兒悲丈夫一去不回歸女兒愁無錢去打桂花油女兒喜燈花並頭結雙蕊女兒樂夫唱婦隨真和合說畢唱道

可喜你天生成百媚嬌恰便似活神仙離碧霄度青春年正小配鸞鳳真也巧呀看天河正高聽譙樓鼓敲剔銀燈同入鴛幃悄

唱畢飲了門杯笑道這詩詞上我倒有限幸而昨日見了一副對子只記得這句可巧席上還有這件東西說畢便乾了酒拿起一朵木樨來念道花氣襲人知晝暖眾人倒都依了完令薛蟠又跳了起來喧嚷道了不得了不得該罰該罰這席上並沒有寶貝你怎麼說起寶貝來蔣玉函忙說道何曾有寶貝薛蟠道你還賴呢你再念來蔣玉函只得又念了一遍薛蟠道襲人可不是寶貝是什麼你們不信只問他說畢指着寶玉寶玉沒好意思起來說薛大哥你該罰多少薛蟠道該罰該罰說着拿起酒來一飲而盡馮紫英與蔣玉函等猶問他原故雲兒便告訴了出來蔣玉函忙起身陪罪眾人都道不知者不作罪少刻

寶玉出席解手蔣玉函隨了出來二人站在廊簷下蔣玉函又陪不是寶玉見他嫵媚溫柔心中十分留戀便緊緊的搭着他的手叫他閒了往我們那裡去還有一句話問你也是你們貴班中有一個叫琪官兒的他如今名馳天下可惜我獨無緣一見蔣玉函笑道就是我的小名兒寶玉聽說不覺欣然跌足笑道有幸有幸果然名不虛傳今兒初會便怎麼樣呢想了一想向袖中取出扇子將一個玉玦扇墜解下來遞與琪官道微物不堪略表今日之誼琪官接了笑道無功受祿何以克當也罷我這裡也得了一件奇物今日早起方繫上還是簇新聊可表我一點親熱之意說畢撩衣將繫小衣兒一条大紅汗巾子解

了下來遞與寶玉道這汗巾子是茜香國女國王所貢之物夏天繫着肌膚生香不生汗漬昨日北靜王給的今日纔上身若是別人我斷不肯相贈二爺請把自已繫的解下來給我繫着寶玉聽說喜不自禁連忙接了將自已一条松花汗巾解了下來遞與琪官二人方束好只聽一聲大叫我可拿住了只見薛蟠跳了出來拉着二人道放着酒不吃兩個人逃席出來幹什麼快拿出來我瞧瞧二人都道沒有什麼薛蟠那裡肯依還是馮紫英出來纔解開了於是復又歸坐飲酒至晚方散寶玉回至園中寬衣吃茶襲人見扇子上的扇墜兒沒了便問他往那裡去了寶玉道馬上丟了睡覺時只見腰裡一条血點似的大

紅汗巾子襲人便猜了八九分因說道你有了好的繫褲子把
我那条還我罷寶玉聽說方想起那条汗巾子原是襲人的不
該給人纔是心裡後悔口裡說不出來只得笑道我賠你一条
罷襲人聽了點頭歎道我就知道又幹這些事也不該拿我的
東西給那起混賬人也難為你心裡沒個筭計兒欲再說幾句
又恐慪上他的酒來少不得也睡了一宿無話至次日天明方
纔醒了只見寶玉笑道夜裡失了盜也不曉得你瞧瞧褲子上
襲人低頭一看只見昨日寶玉繫的那条汗巾子繫在自己腰
裡呢便知是寶玉夜間換了忙一頓就解下來說道我不希罕
這行子趁早兒拿了去寶玉見他如此只得委婉解勸了一回

襲人無法只得繫上過後寶玉出去終久解下來擲在個空箱
子裡自己又換了一条繫著寶玉並未理論因問起昨日可有
什麼事情襲人便回說二奶奶打發人叫了小紅去了他原要
等你來的我想什麼要緊我就做了主打發他去了寶玉道狠
是我已知道了不必等我罷了襲人又道昨兒貴妃打發夏太
監出來送了一百二十兩銀子叫在清虛觀初一到初三打三
天平安醮唱戲獻供叫珍大爺領著衆位爺們跪香拜佛呢還
有端午兒的節禮也賞了說着命小丫頭來將昨日的所賜之
物取了出來只見上等宮扇兩柄紅麝香珠二串鳳尾羅二端
芙蓉簟一領寶玉見了喜不自勝問別人的也都是這個襲人

道老太太多著一個香玉如意一個瑪瑙枕老爺太太姨太太的只多著一個香玉如意你的同寶姑娘的一樣林姑娘同二姑娘三姑娘四姑娘只单有扇子同數珠兒別的都沒有大奶奶二奶奶他兩個是每人兩疋紗兩疋羅兩個香袋兒兩個錠子藥寶玉聽了笑道這是怎麼個原故怎麼林姑娘的倒不同我的一樣倒是寶姐姐的同我一樣別是傳錯了罷襲人道昨兒拿出來都是一分一分的寫着籤子怎麼就錯了你的是在老太太屋裡的我去拿了來了老太太說了明兒叫你一個五更天進去謝恩呢寶玉道自然要走一輛說著便叫了紫鵑來拿了這個到你們姑娘那裡去就說是昨兒我得的愛什麼留

下什麼紫鵑答應了拿了去不一時回來說姑娘說了昨兒也得了二爺留着罷寶玉聽說便命人收了剛洗了臉出來要往賈母那裡請安去只見林黛玉頂頭來了寶玉赶上去笑道我的東西叫你揀你怎麼不揀林黛玉昨日所惱寶玉的心事早又丟開只顧今日的事了因說道我沒這麼大福禁受比不得寶姑娘什麼金什麼玉的我們不過是個草木之人罷了寶玉聽他提出金玉二字來不覺心動疑猜便說道除了別人說什麼金什麼玉我心裡要有這個想頭天誅地滅萬世不得人身林黛玉聽他這話便知他心裡動了疑忙又笑道好沒意思白白的說什麼誓管你什麼金什麼玉的呢寶玉道我心裡的事

也難對你說日後自然明白除了老太太老爺太太這三個人第四個就是妹妹了要有第五個人我也起個誓林黛玉道你也不用起誓我狠知道你心裡有妹妹但只是見了姐姐就把妹妹忘了寶玉道那是你多心我再不是這樣的林黛玉道昨見寶丫頭不替你圓謊為什麼問着我呢那要是我你又不知怎麼樣了正說着只見寶釵從那邊來了二人便走開了寶釵分明看見只粧看不見低頭過去了到了王夫人那裡坐了一回然後到了賈母這邊只見寶玉也在這裡呢寶釵因往日母親對王夫人等曾提過金鎖是個和尚給的等日後有玉的方可結為婚姻等語所以總遠着寶玉昨日見元春所賜的東西

獨他與寶玉一樣心裡越發沒意思起來幸虧寶玉被一個林黛玉纏綿住了心心念念只記掛着林黛玉並不理論這事此刻忽見寶玉笑道寶姐姐我瞧瞧你的那香串子可巧寶釵左腕上籠着一串見寶玉問他少不得褪了下來寶釵原生的肌膚豐澤容易褪不下來寶玉在傍邊看着雪白的臂膊不覺動了羨慕之心暗暗想道這個膀子若長在林姑娘身上或者還得摸一摸偏長在他身上正是恨我沒福忽然想起金玉一事來再看看寶釵形容只見臉若銀盆眼同水杏唇不點而紅眉不畫而翠比林黛玉另具一種嫵媚風流不覺就呆了寶釵褪下串子來遞與他也忘了接寶釵見他呆了自己倒不好意思

的丢下串子回身纔要走只見林黛玉登着門檻子嘴裡咬着手帕子笑呢寶釵道你又禁不得風吹怎麽又站在那風口裡林黛玉笑道何曾不是在房裡的只因聽見天上一聲叫出來瞧了瞧原來是個獃雁寶釵道獃雁在那裡呢我也瞧瞧林黛玉道我纔出來他就忒兒一聲飛了口裡說着將手裡帕子一甩向寶玉臉上甩來寶玉不知正打在眼上噯喲了一聲要知端的且聽下回分解

紅樓夢第二十八回終

紅樓夢第二十九回

享福人福深還禱福　多情女情重愈斟情

話說寶玉正自發怔不想黛玉將手帕子甩了來正碰在眼睛上倒唬了一跳問是誰林黛玉搖着頭兒笑道不敢是我失了手因爲寶姐姐要看獃雁我比給他看不想失了手寶玉揉着眼睛待要說什麼又不好說的一時鳳姐兒來了因說起初一日在淸虛觀打醮的事來約着寶釵寶玉黛玉等看戲去寶釵笑道罷罷怪熱的什麼沒看過的戲我不去的鳳姐道他們那裡涼快兩邊又有樓偺們要去我頭幾天打發人去把那些道士都趕出去把樓上打掃了掛起簾子來一個閒人不許放進

廟去纔是好呢我已經回了太太了你們不去我自家去這些日子也悶的狠了家裡唱動戲我又不得舒舒服服的看賈母聽說就笑道旣這麼着我同你去鳳姐聽說笑道老祖宗也去敢仔好可就是我又不得受用了賈母道到明兒我在正面樓上你在傍邊樓上你也不用到我這邊來立規矩可好不好鳳姐笑道這就是老祖宗疼我了賈母因向寶釵道你也去連你母親也去長天老日的在家裡也是睡覺寶釵只得答應着賈母又打發人去請了薛姨媽順路告訴王夫人要帶了他們姊妹去王夫人因一則身上不好二則預備元春有人出來早巳囘了不去的聽賈母如此說笑道還是這麼高興打發人去到

園裡告訴有要逛去的只管初一跟老太太逛去這個話一傳開了別人都還可已只是那些丫頭們天天不得出門檻兒聽了這話誰不要去便是各人的主子懶怠去他也百般的攛掇了去因此李宮裁等都說去賈母越發心中喜歡早已吩咐人去打掃安置都不必細說單表到了初一這一日榮國府門前車輛紛紛人馬簇簇那底下凡執事人等聞得是貴妃做好事賈母親去拈香正是初一日乃月之首日況是端陽節間因此凡動用的什物一色都是齊全的不同往日少時賈母等出來賈母坐一乘八人大轎李氏鳳姐薛姨媽每人一乘四人轎寶釵黛玉二人共坐一輛翠蓋珠纓八寶車迎春探春惜春三人

共坐一輛朱輪華蓋車然後賈母的丫頭鴛鴦鸚鵡琥珀珍珠林黛玉的丫頭紫鵑雪雁春纖寶釵的丫頭鶯兒文杏迎春的丫頭司棋繡橘探春的丫頭侍書翠墨惜春的丫頭入畫彩屏薛姨媽的丫頭同喜同貴外帶香菱香菱的丫頭臻兒李氏的丫頭素雲碧月鳳姐兒的丫頭平兒豐兒小紅並王夫人的兩個丫頭金釧彩雲也跟了鳳姐兒來奶子抱着大姐兒另在一車上還有兩個丫頭一共又連上各房的老嬤嬤奶娘並跟出門的家人媳婦子黑壓壓的站了一街的車賈母等已經坐轎去了多遠這門前尚未坐完這個說我不同你在一處那個說你壓了我們奶奶的包袱那邊車上又說招了我的花兒這邊

又說碰了我的扇子咭咭呱呱說笑不絕周瑞家的走來過去的說道姑娘們這是街上看人笑話說了兩遍方見好了前頭的全副執事擺開早已到了淸虛觀門口寶玉騎着馬在賈母轎前街上人都站在兩邊將至觀前只聽鐘鳴鼓响早有張法官執香披衣帶領衆道士在路傍迎接賈母的轎剛至山門以內見了土地本境城隍各位泥塑聖像便命住轎賈珍帶領各子弟上來迎接鳳姐兒知道鴛鴦等在後面赶不上賈母自巳下了轎忙要上來攙可巧有個十二三歲的小道士兒拿着剪筒照管剪各處蠟花正欲得便且藏出去不想一頭撞在鳳姐兒懷裡鳳姐便一揚手照臉一下把那小孩子打了一個觔斗罵道小野雜種往那裡跑那小道士也不顧拾燭剪爬起來往外還要跑正值寶釵等下車衆婆娘媳婦正圍隨的風雨不透但見一個小道士滚了出來都喝聲叫拿拿打打賈母聽了忙問是怎麽了賈珍忙出來問鳳姐上去攙住賈母就回說一個小道士兒剪燭花的沒躲出去這會子混鑽呢賈母聽說忙道快帶了那孩子來別唬着他小門小戶的孩子都是嬌生慣養慣了的那裡見過這個勢派倘或唬着他到怪可憐見的他老子娘豈不疼的慌說着便叫賈珍去好生帶了來賈珍只得去拉了那孩子一手拿着蠟剪跪在地下亂顫賈母命賈珍拉起來叫他不要怕問他幾歲了那孩子總說不出話來賈母還說

可憐見的又向賈珍道珍阿哥帶他去罷給他些錢買菓子吃叫人別難為了他賈珍答應領他去了這裡賈母帶着衆人一層一層的瞻拜觀玩外面小厮們見賈母等進入二層山門忽見賈珍領了一個小道士出來叫人來帶去給他幾百錢不要難為了他家人聽說忙上來領了下去賈珍站在臺磯上因問管家在那裡底下站的小厮們見問都一齊喝聲說叫管家登時林之孝一手整理着帽子跑了來到賈珍跟前賈珍道雖說這裡地方大今兒偺們人多你使的人你就帶了在這院裡罷使不着的打發到那院裡去把小么兒們多挑幾個在這二層門上同兩邊的角門上伺候着要東西傳話你可知道不知道今兒姑娘奶奶們都出來一個閒人也不許到這裡來林之孝忙答應曉得又說了幾個是賈珍道去罷又問怎麼不見蓉兒一聲未了只見賈蓉從鐘樓裡跑了出來賈珍道你瞧瞧他我這裡也沒熱他倒乘凉去了喝命家人啐他那小厮們都知道賈珍素日的性子違拗不得便有個小厮上來向賈蓉臉上啐了一口賈珍還眼向着他那小厮便問賈蓉道爺還不怕熱哥兒怎麼先乘凉去了賈蓉垂着手一聲不敢說那賈芸賈萍賈芹等聽見了不但他們慌了亦且連賈璉賈㻞賈瓊等也都忙了一個一個從墻根下慢慢的溜下來賈珍又向賈蓉道你站着做什麼還不騎了馬跑到家裡告訴你娘母子去老太太同

姑娘們都來了叫他們快來伺候賈蓉聽說忙跑了出來一疊連聲的要馬一面抱怨道早都不知做什麼的這會子尋趁我一面又駡小子細着手呢麽馬也拉不來要打發小厮去又恐怕後來對出來說不得親自走一趟騎馬去了且說賈珍方要抽身進來只見張道士站在傍邊陪笑說道論理我不比别人應該裡頭伺候只因天氣炎熱衆位千金都出來了法官不敢擅入請爺的示下恐老太太問或要隨喜那裡我只在這裡伺候罷了賈珍知道這張道士雖然是當日榮國公的替身曾經先皇御口親呼爲大幻仙人如今現掌道錄司印又是當今封爲終了眞人現今王公藩鎮都稱爲神仙所以不敢輕慢二則他又常往兩個府裡去凡夫人小姐都是見的今見他如此說便笑道偺們自已你又說起這話來再多說我把你這鬍子還揪了你的呢還不跟我進來那張道士呵呵大笑着跟了賈珍進來賈珍到賈母跟前控身陪笑說道張爺爺進來請安賈母聽了忙道攙他來賈珍忙去攙了過來那張道士先呵呵笑道無量壽佛老祖宗一向福壽康寧衆位奶奶小姐納福一向沒到府裡請安老太太氣色越發好了賈母笑道老神仙你好張道士笑道托老太太的萬福小道也還康健别的倒罷了只記掛着哥兒一向身上好前日四月二十六我這裡做遮天大王的聖誕人也來的少東西也狠干凈我說請哥兒來逛逛怎麽

說不在家賈母說道果真不在家一面回頭叫寶玉誰知寶玉解手去了纔來忙忙上前問張爺爺好張道士忙抱住問了好又向賈母笑道哥兒越發發福了賈母道他外頭好裡頭弱又搭著他老子逼著他念書生生的把個孩子逼出病來了張道士道前日我在好幾處看見哥兒寫的字做的詩都好的了不得怎麼老爺還抱怨說哥兒不大喜歡念書呢依小道看來也就罷了又嘆道我看見哥兒的這個形容身段言談舉動怎麼就同當日國公爺一個稿子說着兩眼流下淚來賈母聽了也由不得滿臉淚痕說道正是呢我養了這些兒子孫子也沒一個像他爺爺的就只這玉兒像他爺爺那張道士又向賈珍道

當日國公爺的模樣兒爺們一輩的不用說自然沒赶上大約連大老爺二老爺也記不清楚了說畢又呵呵大笑道前日在一個人家看見一位小姐今年十五歲了生的倒也好個模樣兒我想着哥兒也該尋親事了若論這個小姐模樣兒聰明智慧根基家當倒也配的過但不知老太太怎麼樣小道也不敢造次等請了老太太示下纔敢向人去張口呢賈母道上回有個和尚說了這孩子命裡不該早娶等再大一大兒再定罷你如今也訊聽着不管他根基富貴只要模樣兒配的上就來告訴我便是那家子窮不過給他幾兩銀子只是模樣兒性格兒難得好的說畢只見鳳姐兒笑道張爺爺我們丫頭的寄名符

兒你也不換去前兒虧你還有那麼大臉打發人和我要鵝黃緞子去要不給你又恐怕你那老臉上過不去張道士呵呵大笑道你瞧我眼花了也沒見奶奶在這裡也沒道謝寄名符早已有了前日原想送去的不指望娘娘來做好事也就混忘了還在佛前鎮着待我取來說着跑到大殿上去一時拿了一個茶盤搭着大紅蟒緞經袱子托出符來大姐兒的奶子接了符張道士方欲抱過大姐兒來只見鳳姐笑道你就手裡拿出來罷了又用個盤子托着張道士道手裡不干不淨的怎麼拿用盤子潔淨些鳳姐笑道你只顧拿出盤子到唬我一跳我不說你是爲送符倒像是和我們化佈施來了衆人聽說閧然一笑

連賈珍也掌不住笑了賈母回頭道猴兒猴兒你不怕下割舌地獄鳳姐笑道我們爺兒們不相干他怎麼常常的說我該積陰隲遲了就短命呢張道士也笑道我拿出盤子來一舉兩用却不爲化佈施倒要將哥兒的這玉請了下來托出去給那些遠來的道友並徒子徒孫們見識見識賈母道既這麼着你老人家老天拔地的跑什麼就帶他去瞧了叫他進來豈不省事張道士道老太太不知道看著小道是八十歲的人托老太太的福倒也健朗二則外面的人多氣味難聞況是個暑熱的天哥兒受不慣倘或哥兒中了腌臢氣味倒值多了賈母聽說便命寶玉摘下通靈玉來放在盤內那張道士兢兢業業的用蟒

袱子墊着捧了出去這裡賈母與衆人各處遊玩一回方去上樓只見賈珍囘說張爺爺送了玉來剛說著只見張道士捧了盤子走到跟前笑道衆人托小道的福見了哥兒的玉實在稀罕都沒什麽敬賀這是他們各人傳道的法器都願意爲敬賀之禮哥兒便不稀罕只留著頑耍賞人罷賈母聽說向盤內看時只見也有金璜也有玉玦或有事事如意或有歲歲平安皆是珠穿寶嵌玉琢金鏤共有三五十件因說道你也胡鬧他們出家人是那裡來的何必這樣這斷不能收張道士笑道這是他們一點敬意小道也不能阻擋老太太若不留下豈不叫他們看著小道微薄不像是門下出身了賈母聽如此說方命人

接下了寶玉笑道老太太張爺爺既這麼說又推辭不得我要這個也無用不如叫小子捧了這個跟著我出去散給窮人罷賈母笑道這話說的是張道士又忙攔道哥兒雖要行好但這些東西雖說不甚稀罕到底也是幾件器皿若給了乞丐一則與他們也無益二則反倒遭塌了這些東西要捨給窮人何不就散錢予他們寶玉聽說便命收下等晚間拿錢施捨罷說畢張道士方纔退出這裡賈母與衆人上了樓在正面樓上歸坐鳳姐等上了東樓衆丫頭等在西樓輪流伺候賈珍一時來回道神前拈了戲頭一本白蛇記賈母問白蛇記是什麽故事賈珍道漢高祖斬蛇方起首的故事第二本是滿床笏賈母道這

倒是第二本也還罷了神佛要這樣也只得罷了又問第三本賈珍道第三本是南柯夢賈母聽了便不言語賈珍退了下來至外邊預備著伸表焚錢粮開戲不在話下且說寶玉在楼上坐在賈母傍邊因叫個小丫頭子捧著方纔那一盤子賀物將自己的玉帶上用手翻弄尋撥一件一件的挑與賈母看賈母因看見有個赤金點翠的麒麟便伸手拿起來笑道這件東西好像是我看見誰家的孩子也帶著一個的寶釵笑道史大妹妹有一個比這個小些賈母道原來是雲兒有這個寶玉道他這麼往我們家去住着我也没看見探春笑道寶姐姐有心不管什麼他都記得林黛玉冷笑道他在别的上頭心還有限惟

有這些人帶的東西上越發留心寶釵聽說便回頭粧没聽見寶玉聽見史湘雲有這件東西自巳便將那麒麟忙拿起來揣在懷裡一面心裡又想到怕人看見他聽是史湘雲有了他就留著這件因此手裡揣著却拿眼睛瞟人只見衆人倒都不理論惟有林黛玉瞅著他點頭兒似有讚嘆之意寶玉不覺心裡没意思起來又掏出來向着黛玉赸笑道這個東西倒好頑我替你留着到家穿上你帶林黛玉將頭一扭道我不稀罕寶玉笑道你既不稀罕我少不得就拿着說着又揣了起來剛要說話只見賈珍之妻尤氏和賈蓉新近續娶的媳婦婆媳兩個來了見過賈母賈母道你們又來做什麼我不過没事來逛逛一

句話說了只見人報馮將軍家有人來了原來馮紫英家聽見賈府在廟裡打醮連忙預備猪羊香燭茶食之類的東西送禮鳳姐聽了忙趕過正樓來拍手笑道嗳呀我却不防這個只說偺們娘兒們來閒逛逛人家只當偺們大擺齋壇的來送禮都是老太太鬧的這又不得預備賞封兒剛說了只見馮家的管家兩個婆子上樓來了馮家兩個未去接着趙侍郎家也有禮來了于是接二連三都聽見賈府打醮女眷都在廟裡凡一應遠親近友世家相與都來送禮賈母纔後悔起來說又不是什麼正經齋事我們不過閒逛逛沒的驚動人因此雖看了一天戲至下午便回來了次日便懶怠去鳳姐又說打墻也是動土

已經驚動了人今兒樂得還去逛逛賈母因昨日見張道士提起寶玉說親的事來誰知寶玉一日心中不自在回家來生氣嗔著張道士與他說了親口口聲聲說從今已後再不見張道士了別人也並不知為什麼原故二則林黛玉昨日回家又中了暑因此二事賈母便執意不去了鳳姐見不去自已帶了人去也不在話下且說寶玉因見林黛玉病了心裡放不下飯也懶待吃不時來問黛玉又怕他有個好歹因說道你只管看你的戲去在家裏做什麼寶玉因昨日張道士提親事心中大不受用今聽見林黛玉如此說心裡因想道別人不知道我的還可恕連他也奚落起我來因此心中更比往日更煩惱加了百

倍若是別人跟前斷不能動這肝火只是黛玉說了這話倒又比往日別人說這話不同由不得立刻沉下臉來說道我白認得了你罷了罷了林黛玉聽說便冷笑了兩聲道白認得了我那裡像人家有什麼配得上呢寶玉聽了便向前來直問到臉上你這麽說是安心咒我天誅地滅林黛玉一時解不過這話來寶玉又道昨兒還為這個賭了幾回咒今兒你到底又重我一句我便天誅地滅你又有什麼益處黛玉一聞此言方想起上日的話來今日原自己說錯了又是着急又是羞愧便戰戰兢兢的說道我要安心咒你我也天誅地滅何苦來我知道昨日張道士說親你怕攔了你的姻緣你心裡生氣來拿我煞性

子原來那寶玉自幼生成有一種下流痴病況從幼時和黛玉耳鬢斯磨心情相對及如今稍明時事又看了那些邪書僻傳凡遠親近友之家所見的那些閨英闈秀皆未有稍及林黛玉者所以早存一段心事只不好說出來故每每或喜或怒變盡法子暗中試探那林黛玉偏生也是個有些痴病的也每用假情試探因你也將真心真意瞞了起來只用假意我也將真心真意瞞了起來只用假意如此兩假相逢終有一真其間瑣瑣碎碎難保不有口角之爭即如此刻寶玉的心內想的是別人不知我的心還可恕難道你就不想我的心裡眼裡只有你你不能為我解煩惱反來以這話奚落堵噎我可見我心裡一時

一刻白有你你心裡竟沒我了寶玉是這個意思只口裡說不出來那林黛玉心裡想著你心裡自然有我雖有金玉相對之說你豈是重這邪說不重我的我便時常提這金玉你只管了然無聞的方見得是待我重無毫髮私心了如何我只一提金玉的事你就着急可知你心裡時時有金玉見我一提你又怕我多心故意着急安心哄我看來兩個人原本是一個心卻多生了枝葉反弄成兩個心了那寶玉心中又想著我不管怎麼樣都好只要你隨意我便立刻因你死了也情愿你知也罷不知也罷只由我的心那纔是你和我近不和我遠林黛玉心裡又想著你只管你你好我自好你何必為我把自已失了殊不

知你失我也失可見你不叫我近你竟叫我遠你了如此看來却都是求近之心反弄成疎遠之意此皆他二人素昔所存私心難以備述如今只述他們外面的形容那寶玉又聽見他說好姻緣三個字越發逆了已意心裡乾噎口裡說不出話來便賭氣向頸上摘下通靈玉來咬咬牙狠命往地下一摔道什麼撈什子我砸了你就完了事了偏生那玉堅硬非常摔了一下竟文風不動寶玉見不破便回身找東西來砸黛玉見他如此早已哭起來說道何苦來你摔砸那啞吧東西有砸他的不如來砸我二人鬧著紫鵑雪雁等忙解勸後來見寶玉下死砸玉忙上來奪又奪不下來見比往日鬧的大了少不得去叫襲人

襲人忙赶了來纔奪了下來寶玉冷笑道我是砸我的東西與你們什麽相干襲人見他臉都氣黃了眼眉都變了從來没氣得這樣便拉著他的手笑道你合妹妹拌嘴不犯着砸他倘砸壞了叫他心裡臉上怎麽過的去林黛玉一行哭着一行聽了這話說到自已心坎兒上來可見寶玉連襲人不如越發傷心大哭起來心裡一煩惱方纔吃的香薷飲解暑湯便承受不住哇的一聲都吐了出來紫鵑忙上來用手帕子接住登時一口一口的把塊手帕子吐濕雪雁忙上來搥紫鵑道雖然生氣姑娘到底也該保重著纔吃了藥好些這會子因和寶二爺拌嘴又吐了出來倘或犯了病寶二爺怎麽過的去呢寶玉聽了這

話說到自已心坎兒上來可見黛玉不如一紫鵑又見黛玉臉紅頭脹一行啼哭一行氣轃一行是淚一行是汗不勝怯弱寶玉見了這般又自已後悔方纔不該同他較証這會子他這樣光景我又替不了他心裡想著也由不得滴下淚來了襲人見他兩個哭由不得守著寶玉也心酸起來又摸著寶玉的手冰凉待要勸寶玉不哭罷一則又恐寶玉有什麽委屈悶在心裡二則又恐薄了黛玉不如大家一哭就丟開手了因此也流下淚來紫鵑一面收拾了吐的藥一面拿扇子替黛玉輕輕的搧著見三個人都鵶雀無聲各自哭各自的也由不得傷起心來也拿手帕子拭淚四個人都無言對泣一時襲人免強笑向寶

玉道你不看別的你看看這玉上穿的穗子也不該同林姑娘拌嘴黛玉聽了也不顧病趕來奪過去順手抓起一把剪子來要剪襲人紫鵑剛要奪已經剪了幾段黛玉哭道我也是白效力他也不稀罕自有別人替他再穿好的去襲人忙接了玉道何苦來這是我纔多嘴的不是了寶玉向林黛玉道你只管剪我橫豎不帶他也沒什麽只顧裡頭鬧誰知那些老婆子們見黛玉大哭大吐寶玉又砸玉不知道要鬧到什麽田地倘或連累了他們一齊往前頭回賈母王夫人知道好不干連了他們那賈母王夫人見他們忙忙的做一件正經事來告訴也都不知有了什麽大禍便一齊進園來瞧他兄妹急的襲人抱怨紫

鵑為什麽驚動了老太太太太紫鵑又只當是襲人去告訴的也抱怨襲人那賈母王夫人進來見寶玉也無言林黛玉也無話問起來又沒為什麽事便將這禍移到襲人紫鵑兩個人身上說為什麽你們不小心伏侍這會子鬧起來都不管了因此將二人連罵帶說教訓了一頓二人都沒話只得聽著還是賈母帶出寶玉去了方纔平服過了一日至初三日乃是薛蟠生日家裡擺酒唱戲賈府諸人都去了寶玉因得罪了黛玉二人總未見面心中正自後悔無精打彩的那裡還有心腸去看戲因而推病不去林黛玉不過前日中了些暑溽之氣本無甚大病聽見他不去心裡想他是好吃酒看戲的今日反不去自然

是因爲昨兒氣著了再不然他見我不去他也沒心腸去只是昨兒干不該萬不該剪了那玉上的穗子管定他再不帶了還得我穿了他纔帶因而心中十分後悔那賈母見他兩個都生了氣只說趂今兒那邊去看戲他兩個見了也就完了不想又都不去老人家急的抱怨說我這老寃家是那世裡孽障偏生遇見這麼兩個不省事的小寃家沒有一天不叫我操心眞是俗語說的不是寃家不聚頭幾時我閉了眼斷了這口氣憑這兩個寃家鬧上天去我眼不見心不煩也就罷了偏又不嚥這口氣自巳抱怨著也哭了這話傳入寶林二人耳內他二人竟未從聽見過不是寃家不聚頭的這句俗語如今忽然得了這句話好似參禪的一般都低頭細嚼這句話的滋味都不覺潸然泣下雖不曾會面然一個在瀟湘舘臨風灑淚一個在怡紅院對月長吁却不是人居兩地情發一心麼襲人因勸寶玉道千萬不是都是你的不是往日家裡小厮們和他的姊妹拌嘴或是兩口子分爭你聽見了還罵小厮們蠢不能體貼女孩兒們的心腸今兒你也這麼著了明兒初五大節下你們兩個再這麼仇人似的老太太越發要生氣一定弄的不安生依我勸你正經下個氣陪個不是大家還是照常一樣這麼也好那麼也好寶玉聽了不知依與不依要知端詳下回分解

紅樓夢第二十九回終